아다마스의 꿈

-시가 흐르는 낭만 아뜰리에-

박우성 시집

사랑하는 _____님께 드립니다.

_____ 년 ____월 ____일

시음사
시사랑음악사랑

시로 그림을 완성 한 시인 박우성

선과 면이 만나면 하나가 되고 또 수많은 점이 만나 또 하나를 이루면 그것은 곧 그림이 된다. 박우성 시인은 화폭을 가득 채운 어휘력과 시어들로 고뇌와 사색 "思索"의 힘을 적절히 섞어가면서 한편의 명작을 탄생시킨다. 그림이 곧 시가 되고 시가 곧 그림이 되는 현상을 시인이면 누구나 가져야 하는 예술적 감각을 표현하는 박우성 시인은 때로는 깊은 사유 "思惟"를 가지고 세상을 깨닫게 하는 철학적인 의미도 담고 있는 작품, 그러면서도 누구나 공감할 수 있는 소재들로 편안하면서도 고개를 끄덕이는 감상적 "感傷的"이 될 수 있는 작품을 짓는 시인이다.

박우성 시인의 작품 속에는 과학적인 형태를 지니면서도 서정적인 감각과 입체파와 그리고 미래지향적인 내용으로 스토리를 전개해 나가는가 하면 어린 왕자 같은 순수함도 볼 수가 있다. 아무렇게나 물감을 손으로 꾹 찍어 가면서 그려 내려가는 붓끝에는 점묘화(點描畵)를 보듯 잠재되어 있던 상상력을 깨워준다. 한 편의 시가 활자로 그려지고 그 옆에는 자그마한 그림이 한편씩 전시되어있다. 그림이 주는 동기에서 시(詩)가 보여주는 완성도를 가장 기본적인 시적 이미지의 형상화, 적절한 시어의 선택, 간결하고 함축적인 표현, 시상의 유기적 전개 등으로 기둥을 세우고 화가 시인 박우성을 보여 주려 노력 하는 시인이다.

詩는 표면적으로 드러나는 일차적인 자연의 모든 것과 내면적으로 표출하는 감정, 서정적인 것이 상호관계를 이루며 내적 비밀을 언어예술로 표현하는 것이라는 것을 박우성 시인의 작품 세계에서 볼 수 있는 현상들이다. 시집 "아다마스의 꿈"에는 박우성 시인이 가지고 있는 예술적 능력으로 독자를 설득하고 독자는 그의 작품 세계에서 인간의 내면을 정복할 것이다.

사단법인 창작문학예술인협의회 이사장 김락호

시인의 말

......
하루도 거르지 않고
계절의 감성에 인색한 새벽 여섯 시
일탈을 외치면서 등을 밀어젖힌다

무질서의 세계는 풍광을 달리하지만
여명을 맞는 시공간의 파동은
억겁의 시간 먼지투성이 그대로인데
거울 앞 몰골은 각을 세우며 변하고
희구로 가득 찬 동공에 힘 빼라 하네

돌고 돌아 오는 인생
돌고 돌아 가는 세상이여
시작에서 끝까지 거침없는 초침은
나태한 세포를 쿡쿡 찌르며 풍류를 즐기라

시도 쓰고
그림도 그리고
일터에서의 아침 시간은
탈탈 틀어 부스러기까지 씹어 먹는

공평하고 너그러운 신의 선물
....
빈 서판의 인간은
본성을 타고 나는가?

시인 **박우성**

Artist 《 박우성〈朴禹城〉 / 雅號 ; 視線 》

● 대한민국을 대표하는 현대미술작가에 선정
　　　　　　　　　　　　　　　－ 월간 『美術世界』誌
● 『現代美術作家叢書-전Ⅵ권』 발간-월간 『美術世界』誌
● 단국대학교 치과대학 미술부 可視光線[Visible Light] 활동
● 주요 작품 : 유화, 서양화, 비구상, 입체구성,
　　　　　　　　　　　　　　　JUNK ART, POP ART

※ 미술 전람회(서양화가)
Ⅰ.단체전
①. 제1회 가을美想展_입체.평면 등 10작품
　　　　　　　　　_단국대학교 치과병원_천안_1988년
②. 제2회 可視光線展_입체.평면 등 10작품
　　　　　　　　　_단국대학교 치과병원_천안_1989년
③. 제3회 可視光線展 입체.평면 등 10작품
　　　　　　　　　_단국대학교 학생회관_천안_1990년
④. 제10회 可視光線展_[추억판화본]조각_나무_40호
　　　　　　　　　_단국대학교 학생회관_천안_1997년
⑤. 대구시 치협 송년회 기념전_[꽃의 향연] 시리즈 4편_60호
　　　　　　　　　_현대호텔_경주_2000년
⑥. 제1회 서울 인사동 거리미술축제_[꽃-수-진]_5호
　　　　　　　　　인사동 거리(백송갤러리)_서울_2003년
⑦. KAF(코리아 아트 페스티벌)_[꽃-수-미]_40호
　　　　　　　　　_아크릴_세종문화회관_서울_2005년
⑧. 제27회 可視光線展_[표현-음영]
　　　　　　　　　_아크릴_단국치대부속치과병원_천안_2014년
⑨. 제28회 可視光線展_[가을과 겨울 사이]
　　　　　　　　　_혼합재료_단국치대부속치과병원_천안_2015년

Ⅱ. 개인전
제1회 박우성 개인전_100호 17작품
　　　　_서양화 비구상.구상_대백프라자 갤러리_대구_1999년

Ⅲ. 공모전
①. 제18회 대구미술대전 입선_[視線이 머무는 곳]_100호
　　　　　　_유화_문화예술회관_대구_1998년
②. 제2회 영남미술대전 특선_[視線이 닿는 곳]_100호
　　　　　　_유화_시민회관_대구_1999년
③. 제6회 신진작가 발언전 입선_[빈자리]_60호
　　　　_평면.입체구성 시립미술관_서울_2000년
④. 제20회 대구미술대전 입선_[도태]_평면.입체구성_100호
　　　　　　_문화예술회관_대구_2000년
⑤. 제11회 미술세계대상전 입선_[사계절 콘서트]
　　_평면.입체 구성_100호_세종갤러리_서울_2000년
⑥. 제7회 신진작가 발언전 입선_[두 개의 시각]_60호
　　　　_입체구성_시립미술관_서울_2001년
⑦. 제8회 신진작가 발언전 입선_[다른 일상을 위하여]_60호
　　　　_아크릴화.복합재료_예술의 전당_서울_2002년
⑧. 서울시 치협 SIDEX 2003 작품공모전_[視線이 머무는 곳],
　　　　[視線이 닿는 곳]_100호_aT 센터_서울_2003년
⑨. 제1회 치의미전 입선_[꽃표현]_10호
　　　_아크릴,혼합재료_인사아트센터_서울_2013년
⑩. 제2회 치의미전 입선_[Twin-사랑의 선물]_20호
　　　　_아크릴.혼합재료_충무아트홀_서울_2016년
⑪. 제 37회 대구미술대전_[수화-사랑의 언어]_100호
　　　　_혼합재료_문화예술회관_대구_2017년
⑫. 제 20회 영남미술대전_[사계절의 풍미]_30호
　　　　_혼합재료_문화예술회관_대구_2018년

제목 : 피카소의 관조
시낭송 : 박영애

제목 : 겨울 아이의 소망
시낭송 : 박순애

제목 : 겨울의 한 페이지
시낭송 : 박영애

제목 : 겨울이 안아주던 날
시낭송 : 최명자

제목 : 그림이 시를 품다
시낭송 : 박영애

제목 : 난초의 열애
시낭송 : 박영애

제목 : 하얀 꿈
시낭송 : 박태임

제목 : 시의 천국
시낭송 : 박태임

제목 : 나이테
시낭송 : 김지원

제목 : 시인의 사랑
시낭송 : 김지원

제목 : 사랑이 묻은 향기
시낭송 : 김지원

제목 : 자작나무
시낭송 : 최명자

제목 : 구름 편지
시낭송 : 박순애

제목 : 담배꽁초
시낭송 : 김락호

제목 : 꽃
시낭송 : 박영애

제목 : 연서
시낭송 : 박영애

제목 : 비원
시낭송 : 박영애

제목 : 장미의 겨울잠
시낭송 : 박영애

제목 : 천도의 사랑
시낭송 : 박영애

제목 : 취중 편지
시낭송 : 박영애

제목 : 아다마스의 꿈
시낭송 : 박영애

♣ 1부 : 겨울의 서막(序幕)

♣ 2부 : 그림이 시를 품다

♣ 3부 : 단상(斷想)-시인의 사랑

♣ 4부 : 인연이라는 끈

♣ 5부 : 단막극-낭만 시대

1부 : 겨울의 서막(序幕)

붉은 해

해님이
제야의 종소리 내려 놓고
희망과 꿈 안고 돌아 나오네

검은 바다 가르며 하얀 점
햇빛은 눈부시게 떠올라

차가운 수평선
주홍색으로 장막을 친다

하늘은 거침없이 열려
기운차게 뻗치는 햇살이 되어
찬란한 첫날을 축복하다가

뜬눈으로 지새운 이 땅에
심장 박동 높이며 뜨거운 키스를 한다

하늘이 그리는 붉은 세상
감탄의 함성 소리
나를 울리고

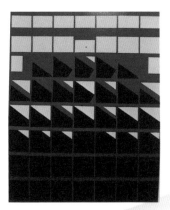

노란빛 햇볕은 대지를 밝히며
시린 가슴 데워 잘 살아라 하네

13

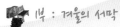

피카소의 관조

새벽을 깨우는 치열한 삶의 전쟁터
끝에 매달린 인생살이 굴곡의 터널을 지나
주입된 신호는 윤곽에 따라 궤적을 그려

평면 위에 묘사된 둔탁한 입체 구조물
기하학적인 무늬의 형태분석을 뒤로한 채
예술가의 도발에 몽마르트르 언덕에서
운명을 거스르며 뜨거운 키스를 한다

위대한 파격은 창조적 변형을 일구어
청색에서 장밋빛으로 세상을 포장하고
거친 삶의 이면을 거침없이 마구 쏟아내

외로운 방랑자 보헤미안의 신비한 모티브
도안은 표현의 절정을 넘어 격정적이다

캔버스의 틀을 탈탈 털어 의식의 한계
무명천 위에서 위태롭게 곡예를 하더니
숨 막히는 채색으로 휘둘리는 붓칠이라
여인의 품속에서 당돌한 시대를 뛰어넘어

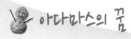 아다마스의 꿈

노란 점이 기적처럼 눈 부신 태양으로
눈과 귀는 엇갈려 초현실의 꿈을 꾸었네

미술이 아닌 것에서 미술이 되는 순간

아우성치던 게르니카는 악몽을 담아
조각의 표현으로 괴기한 누드를 탐하여
사선의 능선에서 잿빛으로 세상을 절규한다

내가 사랑하는 피카소의 메시지 따라
예술적 영감은 어린이의 감성에서 놀다가
마치 일기가 그림이 되는 일탈의 낙서처럼
자신에게 영혼의 안식처가 되었을까?

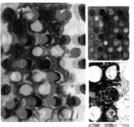

 제목 : 피카소의 관조
시낭송 : 박영애
스마트폰으로 QR 코드를 스캔하면
시낭송을 감상할 수 있습니다.

1부 : 겨울의 서막

지게의 미소

갈라진 소나무 가지 꺾여
멋진 자태 사람의 손 타는 날
한 몸체 서로 짜여 다시 묶이고
박달나무의 세장이 가로질러

할아버지는 개구쟁이에게
작은 지게를 선물하셨지
그 기억 되살려 추억의 앨범 젖혀보니

싸릿대를 결마다 엮어 발채를 얹어
아궁이에 불 지필 깔비 채워지네
두 가닥의 인연은 탕개목으로 고정되어
한평생 백년해로를 언약하더라

대나무 도리깨로 타작된 볏짚이
등태가 되어 포근히 감싸 안아
연장이 예술품으로 거듭나는 순간
나에게 업혀 호강한다고 미소를 짓고

인간과 지게가 한 몸이 되었다

지게의 짝 지겟작대기로 걸어
막걸리와 파전이 걸쭉하게 새참을 돋우고
흥얼거리는 농부의 구수한 민요 가락은
깊은 고랑의 주름 속으로 울려 퍼지네

지는 해 노을이 달콤한 주홍빛
고단한 어깨 밀삐 걸어 집으로 간다

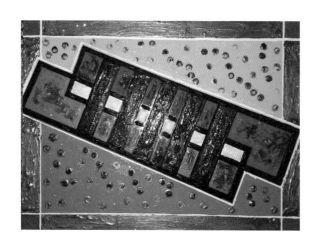

지게 : 짐을 지는 용도로 사용된 우수한 연장
세장 : 소나무의 두 몸체를 연결하는 가느다란 나무
발채 : 조개 모양의 바구니로 바지게가 된다
깔비 : 솔가리, 말라서 땅에 떨어져 쌓인 솔잎
탕개목 : 양 몸체를 줄로 꼬아 죄어서 고정하는 나무
도리께 : 곡식의 이삭을 두드려 알곡을 떨어내는 연장
밀삐 : 짚으로 엮은 것으로 지게를 지는 끈

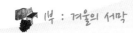
1부 : 겨울의 서막

새해

12월 31일

다시
1월 1일

갔다가 올 거면
가지나 말든지

해는 뜨고
세상은 돌고

뜸 들일 시간도 없이
타종打鐘이 무겁게 언도를 내리면

겹친 나이테는
야속하게 속도를 낸다

너의 회귀선은 단 1초인데
난 365일을 까먹는구나!

 아다마스의 꿈

겨울 아이의 소망

밤사이 동면 중인 12월의 하늘은
겨울 아이에게 눈부신 백설白雪을 내리고

온갖 세상 함유된 흰 캔버스 위
걸음마다 덧칠하며 흔적 남기는데
소박한 스케치 동심에 젖어

차가운 의자에 앉아 너를 찾고서
눈 뭉치 만들어 사랑이라 우기다가
얼음장 시린 손 잡아주는 이 없어
하얀 가슴 멍든 마음 울먹거린다

채색된 열기 퍼져 추적추적 녹아
남모를 고백 되어 하릴없이 스며들어

잿빛 세상은 어설픈 사연으로
시리도록 하얀 눈꽃에 꿈을 담아
사랑이 차는 영혼에 기대어 사라지니

작은 눈사람 속절없이 두 눈에 밟혀
이제나저제나 꼬옥 품어주는 날

 제목 : 겨울 아이의 소망
시낭송 : 박순애
스마트폰으로 QR 코드를 스캔하면
시낭송을 감상할 수 있습니다.

언제일까 하루 이틀 손꼽아 기다리네

19

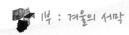 1부 : 겨울의 서막

겨울의 한 페이지

기로에 서 있는 어둠은
얼어붙은 엔진을 달구는 열기에
배기구로 소각된 시간을 내뿜는다

아픔이 담긴 페이지 남기고
반평생을 채워 숱한 사연을 긁적거리며

하루도 거르지 않고
계절의 감성에 인색한 새벽 여섯 시
일탈을 외치면서 등을 밀어젖힌다

무질서의 세계는 풍광을 달리하지만
여명을 맞는 시공간의 파동은
억겁의 시간 먼지투성이 그대로인데
거울 앞 몰골은 각을 세우며 변하고
희구로 가득 찬 동공에 힘 빼라 하네

돌고 돌아 오는 인생
돌고 돌아 가는 세상이여
시작에서 끝까지 거침없는 초침은
나태한 세포를 쿡쿡 찌르며 풍류를 즐기라

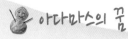
아다마스의 꿈

시도 쓰고
그림도 그리고
일터에서의 아침 시간은
탈탈 틀어 부스러기까지 씹어 먹는

공평하고 너그러운 신의 선물

오늘도 한 페이지 넘기며
허술하게 채워진 삼류 작을 쓰지만
탈고할 날은 나의 것이 아닌 게지

너의 뜻대로 살려 한다

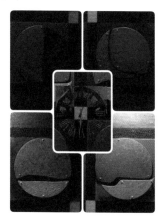

제목 : 겨울의 한 페이지
시낭송 : 박영애

스마트폰으로 QR 코드를 스캔하면
시낭송을 감상할 수 있습니다.

 1부 : 겨울의 서막

흐린 날, 한강의 겨울

날카로운 바람이 볼을 스치다가
귓전에 맴돌아 찰랑거리며
얼어붙은 교각 사이로 흐르고

한 조각의 별과 달을 삼킨
다리 위 암울한 천상의 밤하늘
입김 삼키며 빛나는 야경에 가려져
사랑하는 이의 얼굴만 띄우네

거침없이 달려온 여정은
잔기침을 내뱉으며 관조의 시각
조각 맞추느라 거세게 몰아쉬더니

허기진 가슴 속 갈증의 넋두리
강물 속에 침잠되어 퇴적되었다

갓 돋아난 애정 뽐내는 연인들
일렁거리는 격정의 입맞춤은
물결 따라 춤을 추며 안달 나게 하는데

목놓아 외쳐보는 나의 사랑아!

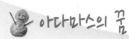

흐린 날 한강의 겨울은
눈물 훔치는 나그네에게 위로가 되려 하네

1부 : 겨울의 서막

겨울에 그리는 상념

깎아지른 절벽 오르고 타오르고
동토의 산맥 위 설산雪山의 세상은
한 치 앞도 순순히 내어놓지 않아

최고봉의 꿈은 하늘의 뜻에 따라
한 가닥 생명 줄에 목숨을 맡겨

협곡과 능선 어디에나 사선의 발자취

등정의 끝은 시간의 궤적 따라
의식의 한계를 넘어 숨 헐떡거리며
희망과 절망을 마주하는 정상 앞

천운만 허락되는 세상 바깥에서
칼바람 휘몰아치는 눈보라에
저 멀리 낭떠러지 찰나에 밟히더니
눈사태 휩쓸리며 태극기를 품고 있네

살을 에는 공간 겨울의 한 단면
한 폭의 그림에 뜨거운 기상을 겹쳐

산山 속에 살아 있을 혼령들의 넋이여

겨울바람에 사랑이 일어

일 났네 일 났어
고요한 마음에 불길이 일어났네

사랑에 빠진 겨울은
수줍은 척 입술 훔치려 틈 보다가
찬바람에 휩쓸려 뒤돌아서고

얼어붙은 땅 피지 못할 꽃
까만 빛깔로 쓸려갔다 밀려오며
이리저리 배회하다 발만 동동 구른다

멍하니 하늘 한번 쳐다보고는
하릴없이 눈물 떨구며 영혼만 탐하여

사랑해요 한마디 고백을 할까?

싸늘한 겨울의 외사랑에
허전한 사연 한구석 얼어붙더니
두근거리는 가슴은 쓰라린 밤을 지새워
차곡차곡 쌓여가는 편지를 띄우고

하릴없는 손길로 그리움 애태우며
다른 세상의 겨울을 기다려본다

장미의 겨울잠

절벽의 끝자락 숨죽이는 벼랑 아래
우두커니 걸터앉은 장미 한 송이

칼바람 매섭게 한 맺힌 그리움
뿌리 내린 생명은 타오르지 못하고

너의 꿈은 심해 속 닻에 걸려
두 손 모아 합장하여 공을 들여본들

세상 밖 풍파에 꽃잎 떨구며
돋은 가시 아파 돌아서는 숨소리

차라리 얼어붙은 잔설에 날려
키 잃은 고동 안고 멀어져 갈까

겨울잠 청하는 인연의 고리는
돌고 돌아 숨통 트이는 바다를 찾아

한 모금 또 한 모금 빨간 포도주
세월에 취해 허우적대는 하얀 밤

제목 : 장미의 겨울잠
시낭송 : 박영애

스마트폰으로 QR 코드를 스캔하면
시낭송을 감상할 수 있습니다.

겨울, "거리에서"

겨울의 맛을 과시하는 트리 옆
통기타 두드리며 "먼지가 되어"
시린 손 안쓰럽게 연주를 하는데

이목을 끌었던 처량한 골목은
오가는 관객도 없이 귀에 익은 멜로디
화가의 터치 따라 "혼자 남은 밤" 한 소절

그만의 표정에 혼신의 목소리가
두 발을 잡아 웃음 띤 손짓을 하며
"말하지 못한 내 사랑"을 흥얼거린다

결코 가질 수 없는 핑크 하트는
시인의 가슴에 느닷없이 쿡 박혀
"사랑했지만" 곡으로 떠나버리고

지척의 담벼락 따라 무심한 신천은
"너무 아픈 사랑은 사랑이 아니었음을"
구슬픈 곡에 잠겨 나를 울리고 있네

김광석 님의 노래 제목을 인용하였습니다.
  - 거리에서 / 먼지가 되어 / 혼자 남은 밤
  - 말하지 못한 내 사랑 / 사랑했지만
  - 너무 아픈 사랑은 사랑이 아니었음을
신천 : 대구 금호강으로 흘러드는 지류 하천

1부 : 겨울의 서막

겨울, 태고의 만남

밤새도록 산꼭대기 초가집에
여인의 비명 소리가 사지를 틀며
안절부절못하던 여명을 깨우고

염속산 엄동설한 겨울은
생명의 끈을 부여잡고
하얀 세상 속에서 축복의 날을 맞는다

군대 간 남편 기다리며
꼬박 열 달을 다 채운 여인은
다급한 초가집에 애태운 선혈을 남긴 후
맥없이 혼절하였고

아기의 울음소리는
세상 밖으로 존재를 알리며
엄마 품 안에서 따끈한 사랑을 먹어

쏜살같은 세월 반평생
다시 찾은 생가터
흔적도 없는 지천명 세월이
여인의 주름에 깊은 고랑만 남기네

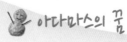

겨울이 사랑을 탐하다

너의 시간은
이방인의 아침을 깨우며
손끝에서 째깍거리고

어둠 속 여명을 맞으려
나의 시간은
발밑을 맴돈다

차가운
너의 사랑은
살포시 순간을 잠재우고

나의 사랑은
무심한
세월을 재촉한다

밀려오는 겨울은
마음 둘 곳 어디인지
답을 않네

1부 : 겨울의 서막

겨울이 안아주던 날

몇 날 며칠
찬바람으로 툭
첫눈으로 툭툭
그대 마음 떠보더니

풀이 죽은 사랑의 열기는
허기진 숨을 가쁘게 몰아
절망의 끝을 앞에 두고
속앓이를 하네

가질 수 없는 것은
표현도 못 하고
계절이 주는 위안보다
더욱 허망한 꿈일 테지만

얽매인 시간은
아침에서 저녁으로 흘러가고
반짝이는 트리의 불빛만이
기쁨을 노래한다

치장 중인 겨울은
긴 밤을 다독거리며
무심히 이별을 묻으라고
시린 어깨를 품다가 머뭇거려

그날
차가운 겨울 사랑은 거침없이
하얀 입김으로 다가와
가슴 안으로 스며들고는

동토의 대지에
온갖 꽃을 다 피우고
혼미한 눈물 얼어붙은 채
하염없이 너를 그리고 있다.

 제목 : 겨울이 안아주던 날
시낭송 : 최명자

스마트폰으로 QR 코드를 스캔하면
시낭송을 감상할 수 있습니다.

1부 : 겨울의 서막

피아노, 겨울을 연주하다

하얀 눈발이
건반을 두드리며 스며들고

손가락 마디마다
차가운 음표를 흩뿌리며
격정의 춤을 춘다

시인은
대지의 운율에
이리저리 배회하며

하늘에 손을 내밀어
차가운 사연을 노래하고

여인의 사랑이
남자의 거친 손길에
갈채를 받고
우두커니 서 있다

비련의 연주는
여운도 없이 막을 내려
정처 없이 흘러

 아다마스의 꿈

하얀 세상을
울리고

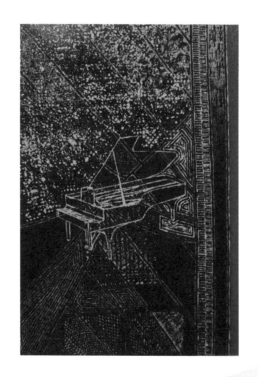

1부 : 겨울의 서막

가을과 겨울 사이

가을이 가면 마음이 슬퍼
애인이 떠난 빈자리 남고
낙엽도 잃어 가지만 보여
술잔을 채워 추억을 먹고
애잔한 심정 둘 곳을 찾네.

겨울이 오면 가슴이 아려
연인을 찾아 찬 바람 쐬고
하얀 눈 떨궈 언 땅을 덮어
술잔에 잠겨 연서를 쓰고
서글픈 사랑 꿈결로 가네.

《정형시_정통 가시》

 아다마스의 꿈

눈이 눈물 떨군 날

구름이 뽀얀 사랑 빚어
하늘 가득 채우고
가슴 살짝 데워
산책하는 여인에게
구애를 하니

눈꽃 한 다발 건네어
"세상은 참 아름다워요"
달콤한 한마디
순결의 눈 뭉치는
두 손에 잠시 머물다가

시린 손이 놓았는지
마음에 스며들지 못하여
눈송이 사랑은
길바닥에 떨어져
으스러지네

눈은 펑펑 날리며
글썽글썽 눈시울 적시고
대지는 속상한 듯
하염없이 발자국 위에
빛나는 가슴이 녹아내리고

1부 : 겨울의 서막

2부 : 그림이 시를 품다

아다마스의 꿈

그림이 시를 품다

시는
글이라는 물감으로
인생과 삶의 희로애락을
짧게 그리는 그림

노랑_초록_빨강_검정

캔버스 위에서
연필로 스케치 된 점과 선, 면은
시공간을 교차하며
만남과 이별을 담고

갓 돋아난
연애편지처럼
이쁘게 사랑을 수놓아

시는
화가에게
달콤한
언어의 연결고리

그림이 시를 품고
사랑하는 이에게 꽃을 배달하네

제목 : 그림이 시를 품다
시낭송 : 박영애
스마트폰으로 QR 코드를 스캔하면
시낭송을 감상할 수 있습니다.

 2부 : 그림이 시를 품다

난초의 열애(熱愛)

사랑하며
접을 수 있을까
행여 나누지 못한 것들
다음으로 미루면 될 테지

받아주어도
마칠 수 있을까
꽃핀다고 끝나는 건 아니지
이루지 못한 희구만 남기네

언제까지
생각하고 기억날까
마음을 열어주니 여기까지
어디서 무엇을 하든 느낄 거야

헤어지면
세월 따라 잊히는가
고뇌와 번민을 벗어나라 하며
지켜주는 이에게 떠나가고

속박 없는 애정은
변치 않을까
집착과 간섭이 장애물인 것
증오가 사랑의 이면인 이유

놓아줌으로
다 가질 수 있을까
육신은 변하고 향기는 그대로
비애(悲哀)의 세상은 꿈속에

하늘이 품으면
내 것이 될까
어둠이 햇빛을 응시하는 곳
사랑에 빠진 난초의 여로(旅路)

제목 : 난초의 열애
시낭송 : 박영애
스마트폰으로 QR 코드를 스캔하면
시낭송을 감상할 수 있습니다.

2부 : 그림이 시를 품다

하얀 꿈

언제나 애처롭고 애틋한 소망은
오롯이 너의 것이 아니어서
무의식으로 희구할 뿐이며

가판대에 진열된 방어(魴魚)는
절단된 생명의 한을 절규하며
망망대해의 삶을 접는다

애타게 바랐던 꿈의 약속은
선택된 이의 호사(豪奢)로 남아
가식 없는 고해성사(告解聖事)를 하고

혼란스러운 빈 서판의 마당은
타고난 것이 아니라 비어 있으므로
절대자의 뜻으로 채워진다

흑과 백으로 편들어 사는 시공간은
너와 내가 인연의 끈이 되고자
가냘픈 열망의 이정표가 되며

빈틈없는 말초의 촉각은

구석구석 누드를 탐하지만

속절없는 이별의 준비도 없이

사랑의 품 안에서 헤매다가

미처 간절한 꿈을 발산 못 하고

난데없는 발길질에 깨어버렸다

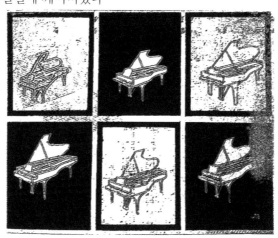

방어(魴魚) : 전갱이과에 속하는 바닷물고기
호사(豪奢) : 호화롭게 사치함. 또는 그런 사치.
고해성사(告解聖事) : 세례 받은 신자가 지은 죄를 뉘우치고
신부를 통하여 하나님에게 고백하여 용서받는 일
빈 서판(Blank Slate) : 스티븐 핑거의 "인간은 본성을 타고 나는가"

제목 : 하얀 꿈
시낭송 : 박태임

스마트폰으로 QR 코드를 스캔하면
시낭송을 감상할 수 있습니다.

2부 : 그림이 시를 품다

지하철 풍경

발 디딜 틈도 없는 공간에
궤적은 한 치의 오차 없이
도착과 출발을 알리고

거미줄 같은 노선(路線) 따라
하차와 승차는 교차하여
질서 있게 환승을 유도한다

얽히고설킨 계단의 퍼즐
겹겹이 지하로 내려가
떠밀리며 어디론가 향하며

핸드폰을 쥔 채 정보를 낚고
톡톡거리며 대화를 나누다가
이어폰의 음파는 흥을 돋운다

삶의 미로는 정거장 사이로
땅속의 시공간에 길들여지고
경적도 없이 쏜살같이 달려

연인에게는 사랑이 되고
희망을 부여잡는 일터가 되고
절망한 이에게는 슬픔도 되는 곳

삼백육십오일 돌고 도는 인생아
석양의 한강은 철교를 지키며
풍류를 맛보라며 유혹하고 있네

2부 : 그림이 시를 품다

빨간 우체통

가슴으로 쓰인 연서(戀書)는
당신에게 고백합니다

입술로 봉인(封印)된
한마디 "사랑합니다"

콩닥거리는 설렘도
간절한 바람도 넣었습니다

빨갛게 물든 마음은
이미 뜨거워져 있습니다

답장이 오기까지
기다리는 시간은 초조합니다

우편배달부의
새로운 소식은 없습니다

쓸쓸한 우체통은
애절한 편지를 기다립니다

봉인(封印) : 밀봉(密封)한 자리에 도장을 찍음
애절 : 견디기 어렵도록 애타는 마음이 있다

 아다마스의 꿈

쓸쓸해 보이는 시

계절은 시간에 떠밀려
후회 없이 바뀔 채비를 하는데

이별비 맞으며 헤어진 연인은
빈자리를 배회하며 기도를 한다

돌아오는 차가운 계절은
모른 척 그대로이나

떠나간 이는 보이지 않아
어찌할 줄 모르네

쓸쓸한 시간은
따스한 손길을 기다리며

상처로 물든 가슴 부여잡고
웅크려 눈물짓고서

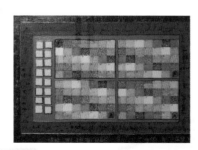

뒹굴었던 애수의 사연들을
책갈피에 끼워 넣는다

책갈피(冊갈피) : 책장과 책장 사이

2부 : 그림이 시를 품다

젓가락과 숟가락

늘 곁에서 살아
있는 듯 없는 듯 하더라

하늘이 맺어준 배필(配匹)인데
서로를 만질 수가 없구나

둘의 연정은
입안에서 오물거릴 뿐

더 바랄 것도 없이
씻기어 안식을 취한다

사람은 내구연한(耐久年限)이 있어
한정된 삶을 사는데

너희 둘은
별 탈 없이 함께하겠구나

오늘은 진수성찬(珍羞盛饌)
정갈한 음식 맛이나 볼까?

배필(配匹) : 부부로서의 짝
내구연한(耐久年限) : 원래의 상태대로 사용할 수 있는 기간

 아다마스의 꿈

46

살다 보면 하루는

오만가지 생각과 잡다한 감정으로
참새의 놀이터 허수아비의 세월이 되고

강물을 타는 뱃사공의 거친 눈길은
윤슬 속에서도 잔물결의 방향을 가른다

서각된 숙업의 정보는 대대로 내려와
세포 구석구석 염색체에 각인되지만

타고난 예술적 감성은 별 기교도 없이
사회적 매체에서 난감한 과시를 한다

생명은 무한한 세계의 일부분이라
열망과 희구는 상처와 흉터를 남기는데

애정의 탐닉은 생리적 발로(發露)이기에
알아차림으로 득도하라고 다그친다

공간에서 쾌속으로 항해 중인 행성의
하루를 기꺼이 여행 중인 행인이여

윤슬 : 햇빛이나 달빛에 비치어 반짝이는 잔물결
숙업(宿業) : 지난 세상에서 지은 여러 가지 선악의 업
발로(發露) : 숨은 것이 겉으로 드러나거나 숨은 것을 겉으로 드러냄

2부 : 그림이 시를 품다

잠시 앉았다 가세요

바삐 돌아가는 초침이 얄밉죠
나이라는 개수는 속도를 나타내나 보오
참 빠르지요

그래도 잠시 앉았다 가세요
쾌속으로 주행 중인 이 별에서
하늘에 띄운 구름은 느리게 흐르지요

매정하고 야박한 세상 탓도 있겠지요
타고난 팔자의 숙업 탓도 있겠지요
그러나 어쩌겠소

잠시 앉아 쉬었다 가시구려
나무늘보와 달팽이가 경주하면
누가 이길까요?

때론
삶과 사랑이 옥죄올 때
우리는 기도를 합니다

잠시 앉았다 가세요
미혹과 번뇌 탈탈 틀어
오그라든 가슴을 다독이고

인생이
성에 차지 않더라도
사색의 편지를 써 보아요

2부 : 그림이 시를 품다

사랑에 관한 어떤 표현

첫눈에 반하여 빠져들지만
설익은 풋과일의 맛으로 새콤하니

달게 녹은 연서는 시가 되고
연인은 가슴으로 쓰는 시인이 된다

마음에서 마음으로
뭉클한 전기가 흘러 짜릿하고

익으며 내 모든 것이
네 것이 되어 숨을 멎게 한다

타오르는 밤의 낙원은
주홍색으로 물들어 격정적이다

사랑의 유효기간이 지나면
손길과 눈길이 스르르 풀리겠지만

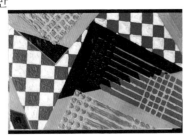

애써 영원토록 너에게만
감정에 사로잡히기를 기도한다

호박꽃

비 온 뒤 떨어질 듯
꽃망울 뒤에

애호박은
수줍게 숨어 있고

넓적 잎
줄기 따라

담장을 넘어
재주껏 뽐냈으나

함초롬한 꽃잎 다섯 개
봐주는 이 없는지라

쓸쓸한 겨울이 오기 전
꿈 펼치라고

시어(詩語)로 손 내미니
활짝 피는구나

애호박 : 덜 여문 어린 호박
함초롬하다 : 가지런하고 곱다

2부 : 그림이 시를 품다

이별에 관한 어떤 표현

이별 후에는
미련도 남고 후회도 남고
발길 닿는 곳 흔적도 남아

이별 후에는
눈물도 훔치고 취하고 달래고
쓰라린 후유증을 겪네

이별 후에는
영혼까지 사랑한 당신과
정성껏 가꾼 시간이 맴돌고

이별 후에는
입술에서 귓불까지의 느낌
그대로 몸에 배 꿈꾸며

이별 후에는
가슴에 담긴 사랑의 추억
하나씩 끄집어내기 힘들어

이별 후에는
애써 잊으려 여행을 하고
홀가분한 이방인으로 떠나

이별 후에는
치유의 시간 허망한 자화상에
포근히 감싸 줄 이 기다려본다

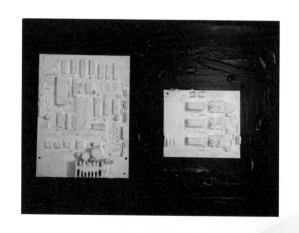

2부 : 그림이 시를 품다

일에 대한 관조(觀照)

쏜살같은 시간 따라
다람쥐 쳇바퀴 돌면서 이십 년이 지나니

아픈 이들의 가슴에 패인 자리와
공허한 마음의 병들이 눈에 닿는다

노동은
때우거나 뽑고 깎아 해박는 인술(仁術)
일터는
씹어 먹고 말하는 입안의 속 좁은 공간

젖니는 영구치를 품다가 홀연히 떠나가고
하얀 이에 눈맞춤, 고른 이에 입맞춤하도록
애정 표현을 꿈꾸기도 한다

삶의 힘겨운 여정으로
뼈는 녹고 이빨은 흔들거리며
위태롭게 붙어 있는 측은함이여

히포크라테스의 연민(憐憫)의 정이
드릴 소리를 타고 울적한 이를 달래다가
고장 난 신경을 절명(絕命)시켜 뒤집어씌우면
살아난 치아는 수줍게 미소짓는다

반평생 살다 보니 하늘의 이치에 닿아
고달픈 인생과 격정의 여정이 보이네

구순 노인네의 상처 받은 황혼은
교모와 마모로 장구한 세월을 읊고
머리숱 희끗거리는 불우한 여인은
얕은 잇몸의 발자취로 한을 푸념한다

낡고 닳아 속속들이 아픈 사연들이
무명작가의 시가 되고 그림이 되네

사랑할 것은 때 묻은 삭신의 모습이라
먹어야 사는지 살아서 먹는지 알 수가 없다

2부 : 그림이 시를 품다

하루를 연명(延命)하며 장수하도록
우물거리며 한 움큼 약을 삼키고
외롭게 남은 치아, 노년의 고달픈 인생아
바짝 타들어 가는 하소연에 마음이 슬퍼

시리고 쑤시고 아파도 있을 때가 좋았지
이 없으면 잇몸으로 사는 시절은 아닐 텐데
합죽한 입술에 기댄 의치는 덜컹거리며
희망과 절망을 질겅거리고 있구나

앓던 이 빠진다며 미련도 없이
선혈 남기며 떠나가는 오복 중의 하나여

고독한 일터를 나서니 반쯤 부식된 달이
바람든 허전함을 채워달라며 손짓하네

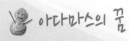 아다마스의 꿈

정자(亭子)에 앉아

당산나무 옆
정자에 앉아

도란도란
옛이야기 꺼내어

순이와 입 맞추고
영희랑 손깍지 끼고

별 하나 별 두울
반딧불 반짝반짝

반평생의 세월을
풀어 놓으며

막걸리 한 사발
추억을 들이키면

코흘리개 옛이야기
어렴풋이 떠올라

주마등(走馬燈)처럼
눈앞을 스친다

57

2부 : 그림이 시를 풀다

詩의 천국

자연을 벗 삼아 산에 오르니
새소리 벌레 소리
나를 반기네

시감(詩感)이 산적하니 퐁퐁 샘솟아
낙엽도 詩이고 구름도 詩이다

꽃과 소나무가 친구라 손짓하고
고목과 바람도 말벗하자네

세상은 詩의 천국이구나

詩에 곡을 붙이니 노래가 되고
삶을 찬미하고 사랑을 나누네

오호라!
시상(詩想)은 떠올라 詩가 되고
주체할 수 없는 시어(詩語)는 기쁨이어라

이 산, 저 산, 발길 닿는 대로
흐르는 강물처럼 詩가 돋는다

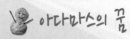

58

세상은 시인(詩人)의 천국이구나

아~
자연의 아름다움아!
예술가의 감성아!

바위 틈새 이끼도 살아 있고
흙을 품은 잡초도 숨 쉬고
흩날리는 솔가리도 아름다움이니

마음의 캔버스에
저절로 그림 한 폭 담는다

농염한 가을에는
누구나 시인(詩人)이 되어
희구의 찰나에도 詩를 쓰누나

시나브로 詩는
고독한 길에서 착상(着想)되어
세상 사람들과 인연이 된다

제목 : 시의 천국
시낭송 : 박태임
스마트폰으로 QR 코드를 스캔하면
시낭송을 감상할 수 있습니다.

2부 : 그림이 시를 품다

나이테

고향 산천이 눈에 들어와
마음 한구석 애달픈 사연
혹한 산골짝 엄마 날 낳고
뼈마디 쑤신 애잔한 세월
이제야 보여 모정의 사랑.

스산한 바람 코끝을 스쳐
어릴 적 추억 눈앞에 돌아
눈시울 적셔 고개를 들어
하늘을 슬쩍 쳐다만 봐도
순이도 오고 영희도 오네.

강산은 있고 사람은 없어
초가집 터만 홀연히 남아
이곳이 고향 느끼라 하여
황망한 시간 겹친 나이테
흔적만 남아 뒤돌아선다.

제목 : 나이테
시낭송 : 김지원
스마트폰으로 QR 코드를 스캔하면
시낭송을 감상할 수 있습니다.

《정형시_정통 가시》

고향

태곳적 귀빠진 곳
땅에 앉으니

모정의 세월이
바람 따라 흐른다

산 중턱 초가집은
터만 남아 간데없고

마음 한편 개구쟁이
들녘을 달려와서

천진난만 웃으며
소꿉놀이하잔다

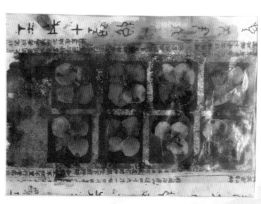

2부 : 그림이 시를 품다

3부 : 단상(斷想)-시인의 사랑

아다마스의 꿈

잔치국수

멸치 국물에
긴 면발 토렴하고

애호박, 석이채, 달걀지단
색스런 고명 넣고

양념장 두르니
천하에 일품이라

혼례식 잔칫상 아니어도
별식이더라

한 타래 더 올려
국물마저 들이키니

이 세상 장수하고
부러울 것이 없어라

토렴 : 미리 삶은 국수를 그릇에 담고 뜨거운 국물을 부었다가
따라내는 것을 두세 번 하면 국수가 따뜻하게 데워지는 것

대나무

풀인 듯 나무인 듯
마디마디 생명력

곧은 절개는
죽죽 벋어나가고

마음을 비우는
천지의 도

꽃 피우고 산화(散華)하니
대쪽이라 하네

어쩌다가 틈새에 끼어
시심(詩心)을 떠보는데

죽마지우(竹馬之友) 그리다가
슬픈 회한(悔恨)의 순간

심란(心亂)함 뒤로 하고
제 갈 길 재촉하네

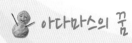

소금

소금은
만물의 생명수라

바다와 햇볕과 바람이
어부의 땀으로 응결되어
빚어지는 신의 선물

작가의 곱고 생동적인
멋진 감성으로
하얗게 꽃피운
결정체

맛도 성질도
변치 않는
징표

3부 : 단상-시인의 사랑

꽃 하나 두울 셋

불러주는 것이
꽃이라 하면

보아달라고
웃는 것도
꽃이리라

이 꽃
저 꽃
다 같은 꽃인데

담벼락 밑

꽃
하나
두울
셋

주홍, 자홍, 분홍

망막에
자홍만 맺혔다

 아다마스의 꿈

바다

쪽빛 누리 바다 내음
온새미로 찰랑거리고

한 치의 오차 없는
풍파의 세월이여

난파된 격한 여정
오롯이 품어주고

처얼썩 다독이는
파도의 요람이라

바위틈 사이로
돋을볕 반짝인다

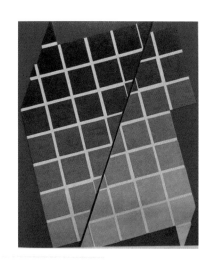

쪽빛 : 짙은 푸른 빛
누리 : 세상을 예스럽게 이르는 말
온새미 : 언제나 변함없이 라는 뜻의 순우리말
오롯이 : 모자람이 없이 온전하게
돋을볕 : 아침에 해가 솟아오를 때의 햇볕

3부 : 단상-시인의 사랑

프랙탈 거북선

위용과 맥의
비정수 거북선

방향 잃은 문명에서
속세를 구원해주는 빛

답답한 정박항은
미술관의 비좁은 중앙홀

산발적으로 쏟아지는 무질서는
규칙과 통일성을 갖고
거침없이 반짝거린다

세부 구조들이
반복적으로 되풀이하는 조형미는
미디어 아트의 우주를 드러내었다

박재 거북이는
과밀하고 화려한 시각적인 공간을
역동적으로 유영하고 있다

기구한 운명은 난항 중이다

 아다마스의 꿈

피아노와 자동차, 홀로그램과 레이저
커피포트와 고물 TV가 어우러져
절묘하게 연주를 한다

컴퓨터와 전화기, 라디오와 비디오
즉석 사진기와 축음기가 시냅스 되어
이채롭게 한산도를 지켰다

천재의 경이로운 설치 감각에
진귀한 밑그림은 무엇이었을까?

성웅은 거북선을 창조했고
작가는 거북선을 창작했다

소박한 꿈을 싣고 노를 젓는다

변혁과 전위의 퍼포먼스는
전기를 타고 유유히 흘러간다

3부 : 단상-시인의 사랑

시인의 사랑

비가 오면 비가 되고
눈이 오면 눈이 되어
고백하는 그 무엇

부드러운 묘사로
알아차리는 순간
뒤로 물러나는 그 무엇

희구에 대한 바람도
감성에 대한 소망도
느낌 받는 그 무엇

글로 포옹하고
글로 입 맞추고
글로 하나 되는 그 무엇

시인의 사랑은 그녀의 것
그녀의 사랑은 남자의 것
애절함의 그 무엇

낮에는 시로 살고
밤에는 꿈으로 사는
한량없는 그 무엇

만남의 기쁨도 없고
이별의 아픔도 없어
홀연히 떠나가는 그 무엇

제목 : 시인의 사랑
시낭송 : 김지원
스마트폰으로 QR 코드를 스캔하면
시낭송을 감상할 수 있습니다.

3부 : 단상-시인의 사랑

찻잔과 술잔

질흙이 손에 닿으면
물레 위에서 돌고 돌아

세상 끝까지 간다

찰진 반죽은 윤곽이 잡히고
작가는 혼을 빚는다

머릿속 기억과 상상은
질감이 되고 빛깔이 되고

아름다운 자태가 된다

색다른 도공의 손놀림은
각양각색의 즉흥적인 연주

연약한 곳은 양각으로 덧붙이고
두툼하여 못 난 곳은
음각으로 파내기도 한다

짜인 생각 없이
네모와 마름모를 뚫새김하니
아파트 창문이 되고

격의 없는 구상으로
투박한 독에 흙을 덧붙이면
코끼리가 된다

가마 속에서
날카로운 성질로 갈라져서
독특한 표현이 된다

형태가 불완전해도
미완성의 기하학은 추상적이다

여인의 창작 열정은
이미 질곡의 생명을 품고 있다

예술가의 손에서
찻잔과 술잔이 한껏 멋을 부리다가
속절없이 눈에 띄었다

3부 : 단상-시인의 사랑

옳거니 뜻하지 않은 만남이
특별한 인연이로구나

찻잔에 너를 담아두고
술잔에 추억을 부어 마신다

무아지경으로
도공의 우아한 연기는
천도의 불을 지폈다

먼 훗날
글자를 아로새겨 각인할 꿈은 어떤 것일까?

소나무

가시 같은 바늘잎
날카로운 맵시

지조와 절개는
숙명적인 본성

사시사철
푸르러야 사는 너

눈 서리 이고서도
거침이 없다

선조의 정기 이어받은
낙락장송(落落長松) 이거늘

솔방울 잎새는
씨앗 날개를 날리고

물끄러미 바라보니
글이 돋는다

사랑이 묻은 향기

맑은 눈망울 눈부신 빛
그리움 띄우는 수정과 향

작은 손에 쥐여준 첫 선물
촉촉한 에센스 향

떨리는 목소리로 프러포즈
한 다발 프리지어 향

아기자기한 취향의 소품
귀빠진 날에 플로럴 향

한순간도 빠뜨릴 수 없는 순간
생각에 잠기는 카페라테 향

해변가 백사장 추억의 발자국
보고 싶어 찾는 바다 향

서로를 탐하고 번들거리는 피부
포옹하고 되뇌는 너의 향

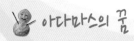

사랑 잃을까 취하여 시를 적는다
칼칼하게 넘어가는 막걸리 향

토라져 얼굴 붉혀도 이쁜 너
까맣게 녹아내리는 초콜릿 향

짝 잃은 별들의 적막한 공간
잊으며 멍하니 하늘 향

이별의 아픔 위로받는 소나무 옆
힘들구나! 토닥이는 나무 향

시린 가슴 만지고 흐느끼는 소리
아픈 마음 일깨우는 바람 향

사랑이 묻은 향기는 사랑을 부르고
가을이 올 때마다 눈물 향

제목 : 사랑이 묻은 향기
시낭송 : 김지원
스마트폰으로 QR 코드를 스캔하면
시낭송을 감상할 수 있습니다.

3부 : 단상-시인의 사랑

사랑을 타고 흐르는

희소함은 가치요
희귀함은 특별함이다

몸 일부를 내어주면
표정은 찡그리고
마음은 포근하다

언제나 다급함은 환자 가족의 몫

티브이 자막에 응급 요청이 뜨면
사이렌이 울리고
팔을 걷어붙인다

사랑의 실천이라는 것

목숨의 막다른 골목
기계가 대신 할 수 없는 생명수는
타인의 것이다

나의 것이 너의 것으로
살아 흐르고
오롯이 하나가 된다

사경을 헤매는 이는
이미 마음을 내려놓았다

절대자의 사랑은 공평하지 않다

핫라인을 통해 들어온 다급한 적색 불
아드레날린이 분비된 몸은
응급실로 향한다

빼는 만큼 더해지는 것

침대에는 파란불이 켜지고
삑삑거리는 모니터는
살아 있는 수치를 찍고 있다

生과 死는 선택이 아니라
잠재된 운명이다

티켓 한 장은 기적을 일으킨다

사랑은 그리움만 남기고

문득 떠올리는 사람이 있어
행여 길 가다 마주칠까 주문도 걸고
밤마다 꿈속에서 그리는데

왜 이리도
가슴 한쪽 자리 잡고 누워
세월의 흐름에 아랑곳없을까

그때는 몰랐지
사랑이라는 이름 두 글자

그래서 아팠지
떠나 보내고 난 후

사랑한다고 사랑할 수 없고
미워한다고 미워할 수 없음을
알고 난 후에

다 받았기에 철저히 외면했던
속박의 시간들

다 주었다면
아무런 미련 없을 텐데

이제는
계절도 메마른 감성
대답 없는 연서도 바닥나고

촉촉이 우수에 젖어 드는 발걸음
한량없는 너에 대한 그리움

3부 : 단상-시인의 사랑

가을의 풍미(風味)

이 계절은
감흥에 젖을 메뉴가 많아서
스케치한 마음을 두텁게 덧칠할 수 있다

바람도 구름도 사색의 터널에 갇히고
하늘과 바다도 상념의 늪에 빠져 있다

그리움과 기다림이 훌쩍 떠나고
처량하고 서러운 감정도 튀어나온다

여름과 겨울 사이에서 지독한 놈

가을이라서 만나고 사랑하고
가을이므로 헤어지고 미워한다

가을은 풍류를 즐기는 자들의 벗

물든 단풍을 앗아 가는 나그네이고
도토리를 주워 담고 떠나는 방랑자이다

농염의 자태와 진홍의 색채와 함께하고
허수아비처럼 참새랑 놀기도 한다

남실대는 야생화 꽃잎 한 겹에 흐느끼고
찰랑거리는 커피 한잔에 울컥거리기도 한다

 아다마스의 꿈

그렇게 익고 물들어 가는 것

매정하고 야박한 아스팔트 위
힘겨운 할머니의 파지에 희망이 있고
미화원은 낙엽 더미에 꿈을 쓸어 담는다

색채의 흥취에 빠지도록
태양이 사물에 빛을 주어야 사는 놈

절망과 좌절의 안주에
독작으로 허기 달래며 방황하는 행인들

가을이 다 지나가도록
깊은 산 속 사찰의 범종 소리에
마음속 성찰의 울림은 계속된다

속절없는 이 가을엔 어김없이
이름 없는 들꽃 한 아름 꺾어 너에게 간다

가을을 절감(切感)하고 있기에
몇 편의 시 남기고

시인의 글문집에 웅크려 잠이 들었다

파각(破却)의 꿈

기계는 생명을 부화시켰다
실험 명은 봉추(鳳雛) 프로젝트

삼십팔 도의 따뜻함에 적당한 습도
입력된 수치는 오차가 없다

하루 세 번 굴리는 것은 규칙이다

껍질 안의 막은 세상과 잠시 격리하고
양극에 이어진 끈으로 난황을 지탱한다

배아의 씨앗이 지닌 운명의 염색체는
암호에 따라 창조 시그널을 갖는다

기실(氣室) 속 숨구멍은
마지막 순간의 호흡 생명줄

이십 일일 때의 첫 신호가
알람을 울린다

부리 끝의 난치는 세상을 노크하며
밤새도록 피눈물 나도록 사투(死鬪)한다

아다마스의 꿈

삐약 삐약 삐약

난각을 깨트리는 줄탁동시의 가르침도
아파트 베란다에서는 소음일 뿐

그 옛날 앞마당 한편
암탉의 품은 얼마나 따뜻했을까

여덟 개 중에 한 개만 눈을 떴다
복불복 같은 파각의 애잔함이여

백열전등 필라멘트의 빛과 열기로
하루를 연장한다

험난한 여정
봉추의 생모는 어디에도 없다

서울역

촌각을 다투며 순서를 정하는
전광판의 순번표

출발 시각은 이미 정해져 있다

초현실적인 육각 시계 기둥이
삐딱하게 항거하며
달리의 초침처럼 녹아내리고 있다

생판 모르는 이들이
계단에 눌러앉아 시간을 빼먹고 있다

이별과 재회는 생존자의 특권
귀향은 다시 떠나기 위함이다

비둘기에서 통일로, 무궁화에서 고속열차로
문명은 숨 헐떡이며 특이점을 향해 질주하고 있다

서울역은 인생의 변방에 서서
줄기요 골자임을 새겨 주는 곳

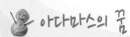

아픈 이에게는
광장의 한 모퉁이 노숙자의 설움으로
세상 밖으로 위태롭게 일갈하는
싸늘한 돌침대이다

북적거리는 정거장은
환유(歡遊)하는 자가 유락(愉樂)하며
잠시 머무는 곳

처연(悽然)한 티켓은 말이 없고
이곳은 종착역이 아니었다

젖니가 영구치를 품고서

잉태의 공간은 소우주
발생과 분화는 기적 같은 신의 손길

母胎의 사랑은 세포 구석구석 빈틈이 없다

수정 후 시작된 젖니의 성장은
출생 후에도 계속된다

세상의 모든 아픔 짊어지고 産苦를 겪는다

엄마가 아기에게 生命水를 먹이면
잇몸 속에서 윤곽이 보이고
정해진 시공간에서 다닥다닥 맹출한다

벗들은 모두 스무 개다
엎치락뒤치락 세상에 나타나면
그들로 인하여 씹고 먹고 성장한다

때가 되면 떠나야 하는 운명들

정해진 순서에 따라 영구치가 형성되고
이쁘고 건강한 모양으로 완성되면
뿌리는 흡수되어 흔적만 남긴다

품 안의 자식이 母體를 잃는 심정
자리를 빼앗기는 것은 품은 자의 몫

이제 떠나야 할 시간
서러워도 어쩔 수 없지
세상의 이치는 그렇게 흘러가는 것

유치의 애환을 누가 들어주랴

친구들은 하나둘 빠져나가고
마지막 乳臼齒도 세상을 떠났다

물러난 자리는
건장하고 씩씩한 것으로 즉각 대체되고
적출물 처리통에 가차 없이 묻힌다

3부 : 단상-시인의 사랑

이것도 사랑일 테지
키워주고 보듬어주고는 아낌없이 퍼 주었는데
성스러운 젖니의 末路는 이런 것

턱은 영구치를 포근히 감싸 안으니
마음껏 자라서 토대가 되고 기초가 되고
든든한 골격이 된다

생명의 끈으로 매듭과 단락을 이어주고는
잠시 머물렀다 가는 그런 존재

몇 년 후 좁은 공간에 갇혀
신세 한탄하고 있을 사랑니는
흔들려서 뽑히는 젖니의 심정을 알기나 할까

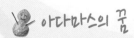

90

아침 이슬

햇살도 품고
녹음도 품고
사랑도 품었지만

모두 다 내어주고
이내 사라질 애잔함이여

방울방울
물의 자태는
지구를 닮았다

대굴대굴
바닥에 툭 떨어지면
흔적도 없건만

이슬 먹은 대지는
기지개를 켠다

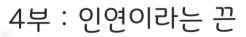

4부 : 인연이라는 끈

드럼

음표와 음표 사이
어린 시절 아픈 기억을 두드립니다

킥과 킥 사이
그녀의 해고 통지서를 두드립니다

탐과 탐 사이
쑤시고 결리는 삭신을 두드립니다

심벌과 심벌 사이
상처받은 영혼을 두드립니다

북과 북 사이
이 땅의 모든 비극을 두드립니다

스틱과 스틱 사이
두들기고 두들기고 또 두들기고

너와 나 사이
한 몸으로 두들기고 흠뻑 젖었습니다

오늘과 내일 사이
흘러내리는 人生의 꿈을 두드립니다

 4부 : 인연이라는 끈

자작나무

글과 글이 만나면 인연이 되고
글쟁이와 글쟁이가 만나면 우정이 된다

실연한 이는 떠나 보낸 아픔을 그리고
사랑에 빠진 이는 핑크빛 사랑을 그린다

시간을 쥐어짜서 하루를 반납하면 글이 되고
가슴 속 발칙하고 도발적인 마음도 글이 된다

애수에 젖은 이는 비 맞은 꽃잎을 주워 담고
바닷가 홀로 걷는 이는 애잔한 파도를 담는다

의식의 흐름 따라 이성과 감성이 글이 되고
공간의 언저리 저 심연의 바닥도 글이 된다

꿈을 뜨겁게 달구는 이는 희망과 동경을 넣고
오아시스를 찾지 못한 이는 절망을 넣는다

찰나의 미도 여백의 미도 글이 되고
버려진 길거리의 작은 소품도 글이 된다

질퍽했던 길을 멈춘 이는 차가운 회한을 씹고
눈물의 섬을 겉도는 방랑자는 고독을 씹는다

지루한 일상도 돌발적인 일탈도 글이 되고
거머리 같은 오욕칠정과 생로병사도 글이 된다

낭만의 계절, 커피에 유혹 넣어 글을 삼키고
방황의 계절, 술잔에 고백 넣어 글을 삼킨다

쓰고 쓰고 또 쓰고 달고 달고 또 달고
외로운 작가는 자작나무에 기대어 용트림한다

 제목 : 자작나무
시낭송 : 최명자

스마트폰으로 QR 코드를 스캔하면
시낭송을 감상할 수 있습니다.

 4부 : 인연이라는 끈

셰익스피어의 관조(觀照)

백지 위에 시공간이 엮는 퍼즐은
손과 발에 족쇄 찬 너의 자화상이며
밤마다 잠을 설치는 악몽의 경고장

세포 속 미토콘드리아는 에너지원이나
뢴트겐 빔 조사에도 무한 분열이 전이되고
악성 바이러스에 장악된 너의 몸뚱어리

해저 심연의 공간 속 작은 놀이터는
떠나는 이의 유일한 유락의 세상이라
찰나의 해방은 극한에서 허용된다

아스팔트는 검은 상복(喪服)을 입고
지옥과 천국을 오가며 신호를 기다리고
서슬 퍼런 천둥과 번개는 비를 호위한다

마그마가 대지에 서면 용암으로 돌변하고
검푸른 바다를 마시고 싸늘한 돌이 되더니
희망의 뜨거운 열기가 단층 사이에 끼였다

궤적을 벗어난 피사체는 산화된다
사람이 덧없는 꿈을 갖는다는 것은
현재와 과거가 공평한 구조이기 때문이다

항로는 절대자가 정하지만 키는 없다
햄릿에서 生과 死는 길항의 상대적 가치
죽음에 맞선 비극의 연기는 막을 내렸다

4부 : 인연이라는 끈

하늘 도화지

파란 하늘 펼쳐
바다 그리고

노란 하늘 펼쳐
꽃잎 그리고

주홍 하늘 펼쳐
석양 그리고

빨간 하늘 펼쳐
여명 그리고

초록 하늘 펼쳐
소나무 그리고

핑크 하늘 펼쳐
사랑 그리고

갈색 하늘 펼쳐
낙엽 그리고

보라 하늘 펼쳐
너를 그린다

어디나 하늘은
도화지가 된다

빛은 물감이오
구름은 파스텔

하늘에 안겨
맛보는 세상

4부 : 인연이라는 끈

도태(陶汰)

산 중턱 바윗돌 위에 홀로 앉아
소나무와 벗은 밀담 중이다

언제나 사고나 견해는 획일화된 틀
프레임 밖으로 벗어남은 가당치가 않다

본성을 부정하는 빈서판의 시각도
궤도를 이탈하는 롤러코스터의 악몽도
단락과 단락 사이의 살벌한 해체도
사막 한가운데의 오아시스가 아니다

모체의 태반은 치열한 삶의 용광로
無에서 有로의 창조는 신의 테두리

생명은 탯줄에서 태아로 다시 끈으로
정해진 시간을 돌고 돌아 세상을 만난다

인생은 유효 기간 내의 나와의 각축전인 것이지

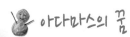
아다마스의 꿈

득도(得道) 아니면 도태
이것이 다 하늘의 뜻이거늘
생경하지 않을 사차원 미지의 시공간에서도
사람 사이에 에너지 파동은 시냅스 되어 있음을

산 아래는
닭장 같은 사각기둥의 미친 조명들

폐수와 오물로 질척이는
숨 막히는 산란장
기계는 수정란을 품고
줄탁동시의 이치를 가르친다

누구나 종착역은 한 곳인데
종지부 찍을 티켓은 매진이다

山 속 무심한 벗은 그대로이고
피톤치드의 정화로 하루를 건져
찬바람에 떠밀려 하산한다

4부 : 인연이라는 끈

구름 편지

뭉게구름에 그리움 담아
떠나간 님에게
편지를 띄웁니다

사랑한다고
고백도 못한 아쉬움 담아
님에게로 보냅니다

하루도 잊지 않고
가슴에 담아 놓은 기다림 넣어
살포시 날려 봅니다

불러도 반응 없는 당신
하이얀 백지 위에
핑크빛 사랑으로
연서를 썼습니다

애타는 심정을 잊지 못해
속상함도 조금 적었습니다

보고 싶은 님이시여

아다마스의 꿈

그 옛날
가느다란 손가락으로
내 손등에 피아노를 쳤었지요

이 느낌도 돌려 보냅니다
행여 기억이 나실지도 몰라요

바람이 불고 먹구름 끼고
심술궂은 날씨는 사나워집니다

아직도 못다 한 사연 많은데
눈물 머금고 연필을 놓겠습니다

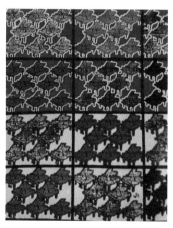

이 편지는 그녀에게 보내는
마지막 아쉬움입니다

고이 접어 입맞춤으로 봉인하고
구름 깊이 감추었습니다

부디 억만리 당신의 가슴에
닿기를 빌어봅니다

제목 : 구름 편지
시낭송 : 박순애
스마트폰으로 QR 코드를 스캔하면
시낭송을 감상할 수 있습니다.

사랑합니다

 4부 : 인연이라는 끈

연상(聯想)

아침 문득
떠오르는 첫 사람

모닝 커피 까만 배경에
그려진 하얀 목덜미

스산한 창가
유리창에 비친 머릿결

하늘 보며 스케치
쌍꺼풀 눈

네거리 신호등
파란불 속에 앵두 입술

솔나무 사이 숨바꼭질
반달 미소

담배 한 모금 내뱉는
동그란 얼굴

호수 주변 찰랑이는
작은 발자국

아다마스의 꿈

쏘주 잔 감싸 안은
이쁜 손가락

수줍게 발그레한
보송한 살결

아련히 밀려오는
그리움 담아

보물 1호 일기장에
연서를 쓴다

눈을 감으면
너의 나는 서르르 잠들고

밤마다 꿈꾸며
동거를 한다

내 의식의 흐름
세포 하나까지

사랑해

4부 : 인연이라는 끈

담배꽁초

그 누군가에게는
쓰라린 순간을 보내고
실연의 서글픔을 달래고
울분과 수치에 위로받고

가뭇없이 내뿜어지는 연기 속에는
우여곡절이 다 담겨있다

보드라운 입술 사이에 끼어
애무를 받으며 열기를 내뿜고는
손가락 사이에서 짓이겨져
생을 마감하는듯 싶었는데

애달픈 저 늙은이
버려진 것 주섬주섬
고이 챙겨 주머니에 쏘옥

오호라 같은 처지의 꽁초들

천대받는 세상에서
어여쁘게 손길 닿아
추스를 겨를도 없이

 아다마스의 꿈

돌돌 말려
가차 없이 불 지폈다

아~~
그 누군가에게는
한숨이오
푸념이오
절규인 것을

쓰디쓴 연기는
폐부를 쓸어 담고
미련 없이 사라져 간다

늙은이의 거친 숨소리는
설움을 뱉어내고

빨아당긴 한 모금은
고달픈 하루를 재촉한다

제목 : 담배꽁초
시낭송 : 김락호
스마트폰으로 QR 코드를 스캔하면
시낭송을 감상할 수 있습니다.

4부 : 인연이라는 끈

작가는 외롭다

달콤한 그대의 詩
대롱대롱 매달린 詩語들이
가슴 속 깊이 툭툭 떨어진다

암묵적으로 전달되고 있는
사랑에 대한 뜨거운 기운이
관객에게는 몇 배로 증폭되어
언 속살을 녹이고 스며든다

관객은 詩를 사랑한다

어디에 고독하지 않을 詩가 있을까
처절하게 외로울수록
관객은 공감하고 교감한다

작가가 외로움을 노래하면
詩에겐 쓰라림이 주입되지만
추출된 감흥은 관객의 몫

詩가 작가의 품을 떠나면
텅 빈 공허감에 방황을 한다

아다마스의 꿈

외로움의 빈자리는 사람 몫이 아니며
그리움의 빈자리는 사랑 몫이 아니다

아픈 그 곳을 글로 채우고
하얀 밤 검게 태운 재의 흔적

어떤 형태로든
글은 외로움의 표현이다
표현은 희구요 갈구요 욕심이다

공허는 채울수록 빈 껍데기다
이것은 남자가 여자에게 여자가 남자에게
결코 채워줄 수 없는 그 무엇이다

그래도 글을 써야 하는가

詩人의 지조와 기개는
한 사람의 자존감 이상의 것

글은 또 다른 나 자신

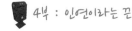 4부 : 인연이라는 끈

작가는 작품을 쏟아내고
절체절명의 외로움에 허덕인다

관객은 작가의 눈물을 질겅질겅 씹고는
구역질로 쉽게 뱉어버리기도 한다

이내 잊혀지는 것은 내 것이 아니다

박차고 빠져나간 외로움이
배회하는 단어들의 조각을 모아
짝을 지어주고 퍼즐을 맞추면

詩는
작가에게 짜릿한 쾌감을 맛뵌다
지독한 사랑 아니면 커피 같은 중독

오늘도 사람들은
외로움의 연발음을 터뜨리고

詩人은
감성 사연에 허덕이며
밤새 뒤척이다 새벽을 맞는다

 아다마스의 꿈

꽃

꽃이 핀다

두 눈에 꽂힌다

입술이 꽃잎을 훔친다

꽃술이 파르르 떤다

사랑에 잠긴다

향기롭다

진다

제목 : 꽃
시낭송 : 박영애
스마트폰으로 QR 코드를 스캔하면
시낭송을 감상할 수 있습니다.

4부 : 인연이라는 끈

가을 표현

가을을 두드리는 소리
귀뚜라미 귀뚤귀뚤
매미 소리와 엇박자

티끌만큼 길게 늘어진
여명의 햇살은
아침 창가를 바삐 두드리고

불쑥 전송되는
옛 시인의 편지는
스마트폰의 전파를 타고
딩동 하고 호출을 한다

달궈지기 전에
식은 입김이었지

외로운 작가는
응답의 메시지로
계절에 칠을 입히고 있네

자주, 노랑, 빨강, 파랑
검정, 보라, 주홍, 초록

 아다마스의 꿈

그리고 잔잔한 여백

시인은
캔버스 위에 詩를 떨구고
고독은 사랑을 주워 담는다

아~~
시인의 가슴은
얼마나 포근하고
생경스러울까

때 이른 가을은
울적한 마음을 휘어잡고
사랑을 느끼라
재촉하네

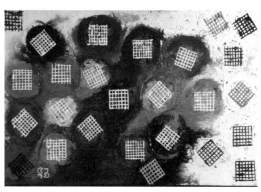

4부 : 인연이라는 끈

자아도취

흠뻑 머금은 색감은
노란색 주변을 맴돌아
네모 철판에 남고

가을은 흘러
詩에 대한 연정으로
시냇물에 낙엽 띄우고 지나간다

머뭇거릴 틈도 없이
스스로에게 황홀하게 빠지고

난 바보가 되었다

무르익은 농염의 감정은
사랑받고 싶은 희구

너 오늘 무슨 색이야
청록 아니면 주홍

유아 단계의 의존심은
행복감과 질투심을
감지한 채

 아다마스의 꿈

이 색 저 색 오가며
흩어지고 있다

유난히 길어져
질퍽 될
가을의 모서리

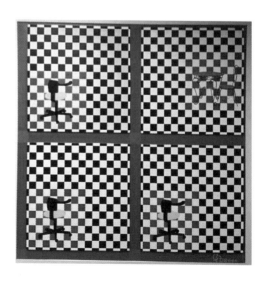

115

가을 변주곡

겨울-가을-여름-봄

계절이 색을 입히기도 전에
하늘 캔버스는 틀을 새로 짠다

아름다운 멜로디의 윤곽

풍성한 예술의 향연에서
성악가는 명곡을 노래하고
화가는 그림을 그리고
시인은 감성시를 쓴다

작가가
나무에서 사랑을 띄우면
관객은 낙엽을 주워
가슴 속 책갈피에 접어 넣는다

한정된 질서 속에서의 변화

초록은 주홍으로 물들어
노랑에서 갈색으로
변모하고

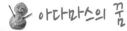 아다마스의 꿈

가을 정취는
리듬과 멜로디를 바꾸며
다양하게 구성지다

도솔미-솔레시-라미도-미시솔

짤막한 주제로도
아름다운 선율은
끊임없이 새로워진다

가을의 서곡
시간은 문제가 아니다
삶이 문제인거지

山은 고요해서 고독하다

외로운 작가는
독작 후 커피 한 잔으로
운을 띄우고

매력적인 변주곡은
가을을 끌어당기고 있다

4부 : 인연이라는 끈

쇼팽의 겨울바람

피아노 에튀드 no.11

무방비 상태의 적막감
폭풍전야의 고요함

다섯 손가락은
건반을 주무르며
기습적인 칼바람에
혼절한다

반음계의 두드림에
빠른 아르페지오

아~ 겨울의 짜릿함이여

영혼에 휘몰아치는
회오리바람

병마에 시달리며
실연을 당한
그대는

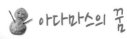

살을 에는 바람에
피아노로 맞서며
강인함과 아름다움을 뽐냈겠지

새하얗게 얼어붙은
빨간 덩어리

화려한 악보의 기교와
시적 표현은
극치에서
녹아

멋도 부리지 않고
낭만적 음악 양식의
꼭대기에 섰다

4부 : 인연이라는 끈

고려청자

천년의 세월을 묻은
비색은 빛을 발하고

옛 도공의 예술혼은
칠보 무늬의 둥근 보주에
투각되어 있다

천하제일 너의 속 살

연꽃은 세 겹으로
한 많은 세상을 품고

꽃잎과 받침대를 떠받는
토끼 세 마리

걸작의 자태는 우주를 품는다

흙에서 빚어진 생명은
가마 속 천도의 열에서 잉태되니

고스란히 용융된
선조의 꿈

고운 선과 빛깔에는
오묘한 향과
신비로운 그리움이 담겼으니

천년만년 시공간
경이롭고

찰나의 인생
덧없어라

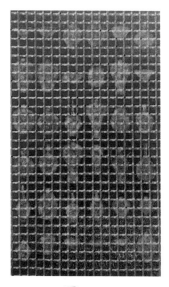

 4부 : 인연이라는 끈

끈

보이는 것의 팔할은 빈 공간이다

너와 나의 숙명적인 맺음
사랑이라는 소립자와
애정이라는 미립자로
텅 빈 시공간을 채우지 못한다

음양의 에너지 조화에는
항상 동떨어진 스핀이 존재한다
너와 내가 밤마다
한 몸이 되는 이유이다

모든 것은 에너지로 통한다
나의 세포가 진동한 만큼
너도 사랑의 파장을 늘어뜨린다

시간도 휘고 공간도 휘고
확정되지 못한 것들의 휘둘림
그것은 인생과 사랑의 끝자락을
이어주는 또 하나의 끈

절대온도 영에서도 떨고 있다
엔트로피의 무질서를 비웃는다
세상을 다 가질 수 없는 이유

관측에 의해서만 보여지는
빛은 정녕 빛이 아니었던게지
세상은 십일차원으로 돌아가고

다른 차원에서도 사랑은 있다

4부 : 인연이라는 끈

無題

1, 기

생과사를 오가면서 한치앞을 꿰뚫었네
세상만사 용융하고 만물만상 함유한다

무사안착 걸어가서 나의생명 너를준다
한맺힌혼 풀어내어 제갈길로 돌아가니

먹구름은 물러가고 야단법석 잠잠하나
감히어찌 하오리오 호들갑을 떨었는데

희구갈망 다시돋고 매정하고 야박하다
오욕칠정 꿈틀꿈틀 갈팡질팡 인생사라

2, 승

거듭나기 선택하나 현재의삶 가치있고
현저하게 좌절이니 종지부를 찍을손가

우후죽순 고개들어 나스스로 앗아가니
일생일대 결단이라 무릎꿇고 물러선다

삶과죽음 가로놓여 절벽에서 깨우치니
생의궤적 날던지고 정초부터 폭풍항해

인지하기 싸늘해서 다시환생 거듭나되
실타래는 꼬여있고 이한생명 영원하다

4부 : 인연이라는 끈

3, 전

낭만무드 너가받고 아름다움 나를주니
생명잉태 태아젖줄 모성본능 삶자체라

백마왕자 기다리다 세월흘러 만신창이
사랑얻어 관계찾고 사랑잃고 암흑이다

자존심과 자아감은 너를지킨 바닥감성
우물침잠 생을찾고 파도타기 위태하다

감동섹스 사랑표현 감격섹스 추억사진
마음안정 육체안전 보금자리 본능이네

4, 결

백지상태 시공간에 선과악이 오고가고
상염색체 되물림은 빈서판을 부정한다

적막하게 암시하고 환경지식 틀안에서
모계유전 난자코드 자연선택 어찌할꼬

절체절명 자유의지 고상한척 야만인도
교육받아 양식되니 적자생존 탓할손가

이성감성 솟아나도 성격기질 못다스려
일념삼천 왔다갔다 마음육신 변해간다

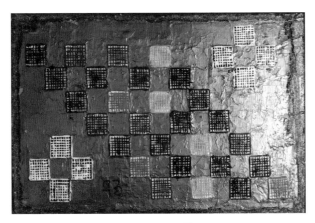

4부 : 인연이라는 끈

5부 : 단막극-낭만 시대

회상

하늘에 그림이 걸리면
세월의 짐 털어낸 앙상한 가지는
잠시 숨을 죽이고

시집 보낸 아빠의 심정
갈비뼈 속까지 휑하니 바람이 분다

오늘은 또 그런 날이런가

입술이 손길을 더듬다가
온기를 전하지 못한 채 떠나버리면

밤 지새운 눈은 캔버스 위
서설 뿌려 놓았다가
동녘의 햇살 속으로 사라지니

우두커니 쓸쓸한 시만 남기고
하릴없는 꿈은 메마르겠지

멋을 뽐내며 걸려 있는 계절의 풍미

사계절 콘서트

봄마다 활짝 웃는 그대는
왜 그리도 순백색인지
알록달록 물들 시간 없이
만개의 꿈 자초한 걸까

아님 동토의 계절
감내한 시련 뒤의 선물일까

그 깊은 속뜻 알길 없어
우매한 내 눈길은
한없이 그대만 바라보고 있네

여름의 대지는
장마로 푹 적셔져 해갈되고
작렬하는 그대는
구름과 바람을 오가며
더위에 지친 만물과 숨바꼭질을 한다

격정으로 치닫는 볕과 비는
곡식과 농지에 양분을 주는데

태풍과 폭우는
천둥과 번개와 한팀이 되어
이것이 사랑이라고 뼈저리게 시험하네

감성의 계절 가을은
알비노니의 Adagio G-moll을 듣고서
시인의 눈물이 되어 가슴으로 휘몰아치다가
영혼 속으로 사라진다

그대를 표제로 연주하면
절대자는 결실과 추수로 응답한다

옛 시절 떠났던 여인은
낙엽과 갈대에 묻혀 일렁거리고
찬 바람 맞을 채비를 해야겠지

반짝이는
저 별은 실연한 여인을
밤이 새도록 물끄러미 바라보고 있네

계절의 끝 겨울은 끝이 아닌게지
얼어붙은 땅에도
기운은 남아 있다

그대는 숨죽이고
기나긴 밤 편지를 쓴다

사랑합니다

그 누군가의 가슴에는
혹한의 가슴 시림으로 문이 닫히고

고향 잃은 이방인에게
하늘은 첫눈이란 이름으로
잠시나마 외로움 걷히네

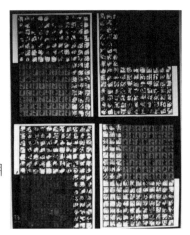

아~
돌고 도는 세상이여
계절을 포용한 아름다움이여
생명의 낙원에 함유된 콘서트여

아다마스의 꿈

천도의 사랑

하늘 아래 억겁의 세월 돌고 돌아
산꼭대기 숨구멍 열려 세상을 만나더니

너를 찾아 굽이굽이 흘러내려
악몽 같은 지난 세월 불태운 흔적들

뜨거운 열기는 땅 위 첫발 내디디며
사랑을 부여잡고 놓아 주지 않았지만

마그마는 용암이 되어 심해에 빠져

차갑게 굳어버린 인연으로 숨이 막히고
파도의 물결 소리에 실려 흐느끼고 있네

고결한 사랑은 바다를 품지 못하여
가슴에 묻어 철썩 파고들며 부서진 채

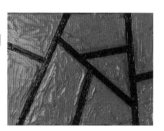

천년을 함께 할 나의 사람아

제목 : 천도의 사랑
시낭송 : 박영애

스마트폰으로 QR 코드를 스캔하면
시낭송을 감상할 수 있습니다.

5부 : 단막극-낭만 시대

가을 소나타

라디오 주파수를 타고
흘러나오는 주명곡

차 안의 풍경은
연주회장의 관객석

번잡한 퇴근길에
전설의 악곡은 애수로 조율하며
2악장에서 3악장으로 흘러간다

문득 찾아오는
추억의 애상

한계를 뛰어넘으려는
갈망, 애절함, 분노까지
청춘의 귀 막힘은
기막힌 명곡을 남겼다

얼마나 마음이 슬프고 아팠을까
고뇌와 비극의 비창 소나타는
비탄과 애수가 담겨 경이롭게 연주된다

옆에서 경적 울리며
넘보지 말라며 질주하고
앞에서는 급하게 끼어들며 달려간다

차창 밖의
야박하고 매정한 세상은
어지럽게 교통하고

우울과 좌절이 사랑을 앗아가는 계절

열정의 피아노 연주는
밀폐된 공간에서
감성과 감상을 오가고

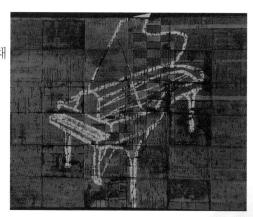

멜로디의 잔영은
길게 여운을 남긴 채
하루를 넘긴다

5부 : 단막극-낭만 시대

커피 음미

찻잔을 만지작거리며
향을 들이마신다

에스프레소의 원두맛은
짙은 갈색의 빛깔에서 감흥이 온다

높은 압력으로 짧은 순간
커피를 방울방울 내린다

한 모금 또 한 모금

티타임은
달콤함과 쓰라림을
뱉어 놓고 몸속으로 빨려든다

일상의 시간을 늦추는 커피

상처와 증오와
시련의 아픔을 섞어서
가볍게 브랜디 해주고

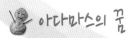

사랑과 기쁨과 선물이 함유된
가을이 주는 커피 한잔

한 모금 또 한 모금

인스턴트 사랑에도
커피는 무드를 연출하고
입술의 달콤함도 곁들인다

커피 한 잔 하실래요

그 한마디에 녹아들어
커피숍 구석진 자리
에로틱한 이 밤

소량의 카페인이
그녀 가슴을 살짝 흥분시킨다

나도 고조되어
행복하다

5부 : 단막극-낭만 시대

아다마스의 꿈

호박 속 꿀벌은 생명이 각인 되어
복원을 기다리며 잠들어 있다

산화된 잿더미 속 염색체 덩어리
초미립의 입자는 빈 공간을 누비며
오묘한 형상으로 세월을 벗고
극한에서도 스핀은 떨고 있다

너의 시각과 나의 시간은
다른 차원에서 째깍거린다

분비된 밀랍은 육각 세상을 지어
숨 막히는 세포 속 의식의 흐름
원칙과 감성을 오가며 배설을 하네

삶의 안식이 미로 속에서 헤매다
빛나는 성체가 되어 손짓을 하는데
동트기 전 재회를 위한 마지막 입맞춤
이별을 예고하며 사라져버려

구슬픈 사랑의 꽃은 정복할 수 없는 꿈
나비에 길들어 추억의 이름으로 빛나고

때가 묻은 희구의 알아차림도
낱낱이 분쇄되어 먼지가 되었다

아다마스 : 다이아몬드의 어원, 그리스어, 정복할 수 없다

제목 : 아다마스의 꿈
시낭송 : 박영애
스마트폰으로 QR 코드를 스캔하면
시낭송을 감상할 수 있습니다.

5부 : 단막극-낭만 시대

연서(戀書)

사랑하는 여인이여

어제부터 지금껏 비가 내립니다
밤사이 소리 내며
부드럽게 부딪혀 흘러내립니다

당신은 잠에서 깨어나
빗물에 사랑 담아
나를 깨우나요

이토록 그리움에
뜬눈으로 지새며
노크를 합니다

창문을 열고 느껴봅니다

시간은 재촉도 없이
소리 내어 사랑한다 말합니다

비는 줄기차고
그대는 서성이며
잠들지 않네요

잠시도 놓지 않는 속박은
간절하게 원하고
애타게 기다리기 때문이겠죠

 아다마스의 꿈

이미
세포 구석구석 맛보고
입맞춤의 산소로 숨 쉬고 있어요

사랑하는 여인이여

새벽으로 향하는 시간
당신은 어둠이 되고 비가 되고
꿈이 됩니다

만일
완벽한 사랑을 원한다면
대지는 영원히 적셔지고
애정은 마르지 않아야 하지요

항상 촉촉이 배어있는 마음과
빛나는 가슴으로 타올라야지요

언제까지나 세상은
둘만의 안식을 만들어가야겠지요

어쩌면
내일이 오고
태양이 구름을 가르고
흙먼지가 일어 거칠어진다면

5부 : 단막극-낭만 시대

우리는 다시
비 오는 날을 기다리며 감성에 젖겠지요

사랑하는 여인이여

사랑은 놓아주는 것이요
뛰어놀게 봐주는 것이요
한없이 웃어주는 것이란 걸 말하고 싶어요

안달 난 사랑은 이별을 넘볼지도 모르오

이 하늘 아래
어디서건 어느 때건
편안히 품어주는 사랑을 나누어요

그래서
저어만치 우두커니
존재하는 것으로 행복하므로
신뢰와 믿음의 기도를 합니다

그만 비를 거두시고
잠자리에 들기 바라오

 제목 : 연서
시낭송 : 박영애
스마트폰으로 QR 코드를 스캔하면
시낭송을 감상할 수 있습니다.

진심으로 사랑하오

 아다마스의 꿈

난 시인, 넌 詩

시인의 꿈속
달콤한 입맞춤에도

극한에서
출렁거리는 위태로움은
열처리된 심장 표면에 각인 되고

밤마다 욕정을 분출하는
삶의 한 단면

너는 그렇게 실오라기 다 던져버리고
요염한 포즈를 취한다

찰나에 주어지는
그 느낌
그 사랑

글자로 크로키 된 시인의 촉감은
가차 없이 표구되어

펼치지 못할 사연
꿈에게서 박리되니 세상을 만났다

5부 : 단막극-낭만 시대

십자수

첫수는
정해진 순서로
번호에 따라 매겨지고

도안은
하얀 종이 위에
아웃라인만 새겨져 있다

한 땀 한 땀 오색실은
순백색 천을 오르락내리락
춤사위를 벌이고

질서정연한 네모 홀은
대각선 라인을 일치시켜
美를 꽃피운다

자수 실은
십자를 따라 결을 맞추고
빈틈없이 그림을 그리다가

실이 헝클어지거나
매듭이 생겨 빠트리면
싹둑 잘려나가고

죄 없는 손가락이
아차 하는 순간
고요한 정적이 흐르고
가느다란 바늘은 피 멋을 보았지

眞情
사랑을 수 놓는 마음
이런 것인가

여백은 숨 쉬는 공간

몇 날 며칠
마지막 칸을 채우는
D-day

작품은 비로소 활짝 웃으며
선물로 포장되어
그녀에게 달려가고

약오른
나의 입술은
그녀의 몸 구석구석
빠짐없이 繡를 놓고
허물어져 간다

5부 : 단막극-낭만 시대

비와 외로움

비는 그리움을 동반하여
마른 대지를 적시고
가슴 한쪽 끄집어내는 외로움

한 방울에 사랑이 있고
또 한 방울에 슬픔이 있고
헤아릴 수 없는 방울 방울마다

후두두 떨어지는 애달픈 사연

쓰디쓴 추억 다 털어내고
진 빠진 하늘은
잔뜩 찌푸린 먹구름 몇 개 남기고

바람에 떠밀려간다

아
너는 알 수 없는 곳으로 사라지고
남의 속도 모르는 저 하늘은
때 묻은 연서를 싹싹 지워버렸네

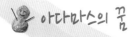

흐린 날이면
소주 한 병 멸치 몇 쪼가리로
꼿꼿했던 가슴
열어젖혔었지

나지막한 산
소나무 우산 삼아 비 그으며
고독은 빗소리 떨구어
어둠을 가르고 있다

비 오는 날이면
어김없이 찾아오는 유혹의 욕정

오늘도 비를 보내며 눈시울 젖는다

5부 : 단막극-낭만 시대

취중 편지

달아오른 눈빛으로 말하는 언어는
의식이 완전히 날아가 어디론가 사라지고
악몽에 허우적대며 쓰는 연서는
별세상 공주로 변신하여 나를 감싸 안아

가면을 쓰고 있던 피라미드 속 누드
마음으로 해방되어 감흥에 젖거나
때로는 심리적 억압이 요동치고
깊은 속 살 부르르 떨며 혼절하겠지

마찰과 마찰이 일구어내는 삶의 묘미에
색다른 시간은 늘 곁에서 스치고
당신이 허락하는 단 하루

재만 남기고 뒤집힌 밤
애태우던 감촉의 묘미도 헛된 느낌
감히 취할 수 없는 꿈이라 했던가
천지를 다 바꿔버린 관계의 끈

얼마 남지 않은 시간 휙 가버리고
가슴 한쪽 쓰디쓴 술을 탓하네

아다마스의 꿈

가시광선(可視光線)

여명의 빛

노을의 빛

~~~~~~~

태고부터 내려

하늘의 침묵을 깨고

이 땅 어디나 있다

그 빛이

바람을 타고

캔버스에 닿아

나에게

뜨거운 창작열로

일렁거린다

5부 : 단막극-낭만 시대

비원(悲怨)

가슴은 차가워져 온기가 필요하나
결코 껴안아 주는 이는 없다

산 중턱에 홀로 앉아 소나무 벗 삼아
마음의 치유를 위한 명상의 순간들

득도의 권좌에 앉은 이는
오롯이 버려서 비우라고 가르치네

구석진 자리는 희구로 차 있고
아량을 베풀 여유는 없는지라

쾌속으로 돌고 있는 시간은
빈틈없이 짧은 구간을 날아가고

매정하고 야박한 세상에서
무관심만이 고독한 술자리가 된다

극한에서는 동굴이 유일한 안식처
키 없는 질주는 위태롭게 울렁거려

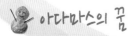 아다마스의 꿈

체부 속 침잠하여 철저히 외면하면서
불현듯 일깨우는 공백의 알아차림

잃을 것도 삼킬 것도 없이
겉돌아가는 세상이여

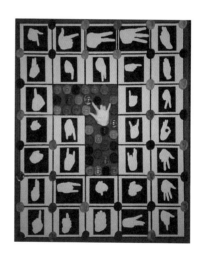

 제목 : 비원
시낭송 : 박영애
스마트폰으로 QR 코드를 스캔하면
시낭송을 감상할 수 있습니다.

5부 : 단막극–낭만 시대

꽃놀이패

누구나 닿는 그곳이
설렘과 기대의 종착역은 아닐 테지

언제나 인생의 끝자락은
환승을 위한 것이었으리라

막다른 길목에서 복기를 해보면
둔탁한 거북함을 넘어서 있다

장고 끝에 정수를 두고자 하여도
하늘의 뜻은 정석의 길을 외면하고

희망과 격정의 타임테이블은
미로 같은 인생 항로에 좋은 포석

불리한 국면에서는 타개를 명하고
실리가 있고 없음은 잣대가 아닌걸

사활을 걸어도 후회가 있고
패착이었다고 자신을 다그치네

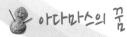
아다마스의 꿈

악수는 운에 따라 묘수가 되고
버려지는 사석은 다시 채워질 운명

희희낙락 꼼수는 자충수로 이어지고
덤으로 주어진 시간은 타인의 것

드라마 같은 내기에서 이겨
막걸리 한 사발 호구로 넘어갈쏜가

엣지있게 살려고 하나
일상의 흥취는 사그라들고

지루한 패는 물 흐르듯 오가며
꽃놀이는 외로운 멍석을 깐다

5부 : 단막극-낭만 시대

너에게

바삐 돌아가는 초침 사이
모두가 외면하는 삶의 여로

태초부터 흐르며 넌
혼자였으리라

홀로그램 우주인 양
이차원의 땅에서도
새벽마다 이슬은 여명을 맞는다

너밖에 없다고 에코 날려도
싸늘한 찬 바람은
늘 가슴 시렸지

우리 사랑
영원할까요

이 혼탁한 세상은
숨 쉬고 잠들고 또 깨어남을
허용하는 고마운 터

이 행성에서
넌 나를 위해
매일 아침 기도를 한다

시작은 짜릿함을 주겠지만
끝을 예고하기도 하지

그래서 나의 기다림은
유희의 사랑을 품은 채

너의 손을 잡고
춤출 수 있는 시간을 탐하며

결코 생경하지 않을
그 순간들을 만지고 있다

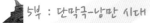

기다림

모두들
바삐 돌아가는 시계처럼 분주하다

한 평도 안되는 자리와
로봇처럼 작동하는 기계

치아 깎는 엔진 소리가
어지럽게 퍼지고
입안을 비추는 불빛에
눈이 따갑다

나도 지쳐 님에게로 간다

고단한 삶을 영위하며
한 곳에서 일한 지 이십삼년

일터는 내게 적적한 자리

변함없는 일상 속에서
낭만의 그림과 감성의 시는
일탈을 위한 소박한 꿈이겠지

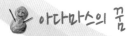

일과 노동의 의미는
무엇일까

세월은 흐르고
계절은 바뀌고

시선이 머무는 자리는
사랑의 징표

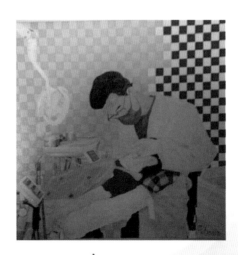

5부 : 단막극-낭만 시대

진흙퇴적

희미한 전등 아래에
살기 위한 혼란과 엮음으로
"나"라는 존재와 함께

조용히 여름을 외치고 있다

너가 가고 있는 이 길은
우리가 걷고 있는 이 땅은

발버둥 침을 허용하는
자연의 터일뿐이다

작은 두 눈으로
두 세상을 섭렵할 수 없고
잠시 눈을 감음으로
다 가질 수 있듯

인생도 삶도
뒤죽박죽인 채

스스로

자신의 주검을 만들어 가야 한다

진흙이 쌓이고 쌓여

퇴적함과 같이

5부 : 단막극-낭만 시대

아다마스의 꿈

-시가 흐르는 낭만 아뜰리에-

박우성 시집

초판 1쇄 : 2018년 2월 9일

지 은 이 : 박우성

펴 낸 이 : 김락호

표지 삽화 그림 : 박우성

디자인 편집 : 이은희

기 획 : 시사랑음악사랑

인 쇄 : 청룡

연 락 처 : 1899-1341

홈페이지 주소 : www.poemmusic.net

E-Mail : poemarts@hanmail.net

정가 : 12,000원

ISBN : 979-11-86373-99-6